JN251507

斉藤　洋／作　　武田美穂／絵

もくじ

オクパードさんのはなしをしよう　4
ドミンゴさんのはなしをしよう　10
夏やすみさいごの日曜日の夜あけ　16

夏やすみさいごの日曜日のおひるすぎ　28
夏やすみのあとのさいしょの日曜日　48
このごろ、うちでは……　80

オクパードさんのはなしをしよう

オクパードさんはナマケモノだ。ナマケモノといっても、なまけているものという意味ではない。オクパードさんは動物のナマケモノだ。すんでいるのはベネズエラ。

ナマケモノのオクパードさんは、はたらきもので、どういうわけか、ある朝(あさ)、ぼくのうちにやってきた。そして、それからというもの、ほとんど毎週(まいしゅう)、日曜日(にちようび)の朝(あさ)、くるようになった。

オクパードさんは、はたらきものだから、ぼくのうちにきても、じっとしていない。こわれているところをなおしたり、きれいにそ

うじをしていく。

オクパードさんは、ものすごくはやくうごける。だから、オクパードさんがいえのしゅうりをしたり、そうじをしていても、目に見えない。もじどおり、目にもとまらぬはやさなのだ。だから、とうさんもかあさんも、ほとんど毎週、オクパードさんがうちにきていることをしらない。

どうして、オクパードさんがそんなにはやくうごけるようになったかというと、しゅぎょうをしたからだ。

川の水のうえに右足をふみだし、その右足がしずまないうちに左足を右足のまえにだし、そして、その左足がしずまないうちに右足をさらにまえにだすというしゅぎょうをして、水にしずまずに、川をわたれるようになった。

しゅぎょうのけっか、川だけではなく、太平洋もわたれるようになった。それで、目にもとまらぬはやさで太平洋をぬれずにわたって、うちにくるらしい。

うちにきても、オクパードさんは十分くらいで、かえってしまう。

ドミンゴさんのはなしをしよう

ドミンゴさんは、オクパードさんのともだちで、オオアリクイだ。

ドミンゴさんも、日曜日になると、ときどきうちにくる。そして、一時間くらい、ぼくのベッドにねっころがって、おしゃべりをしたり、ひるねをしたりして、かえっていく。

とうさんもかあさんも、ドミンゴさんがうちにきていても、気づ

かない。なぜなら、ドミンゴさんは、うちにきても、ぼくのへやに
しかいないからだ。

ドミンゴさんもベネズエラにすんでいる。でも、ガールフレンドが日本の動物園にいる。ドミンゴさんが日本にくるのは、その子にあうためでもある、というか、どちらかというと、ぼくのうちにくるのは、そのついでみたいだ。

ドミンゴさんがどうやってベネズエラから日本にくるかとい

うと、それは、オクパードさんとは、べつのやりかただ。

オオアリクイというのは、だれかにおいかけられると、いきなり、ふりむき、二本足で立って、りょうほうの前足を高くあげて、おいかけてきたものをおどかす。

つまり、からだを大きくみせるのだ。

ところが、それをすると、いっしゅん、ほんのちょっと、からだが大きくなるのだそうだ。でも、しゅぎょうをつめば、もとのばいくらいになり、さらにしゅぎょうをつんでいくと、三ばい、四ばい……となって、ついには、百万ばいどころか、どれだけでも大きくなれる。ただし、いっしゅんだ。

ドミンゴさんはベネズエラで、わっと立ちあがり、まえにむかって、ぴょんとはね、からだを大きくする。そして、地球の半分くらいの大きさになる。すると、どうなるか……。

もとの大きさにもどって、着地すれば、日本についているということになる。

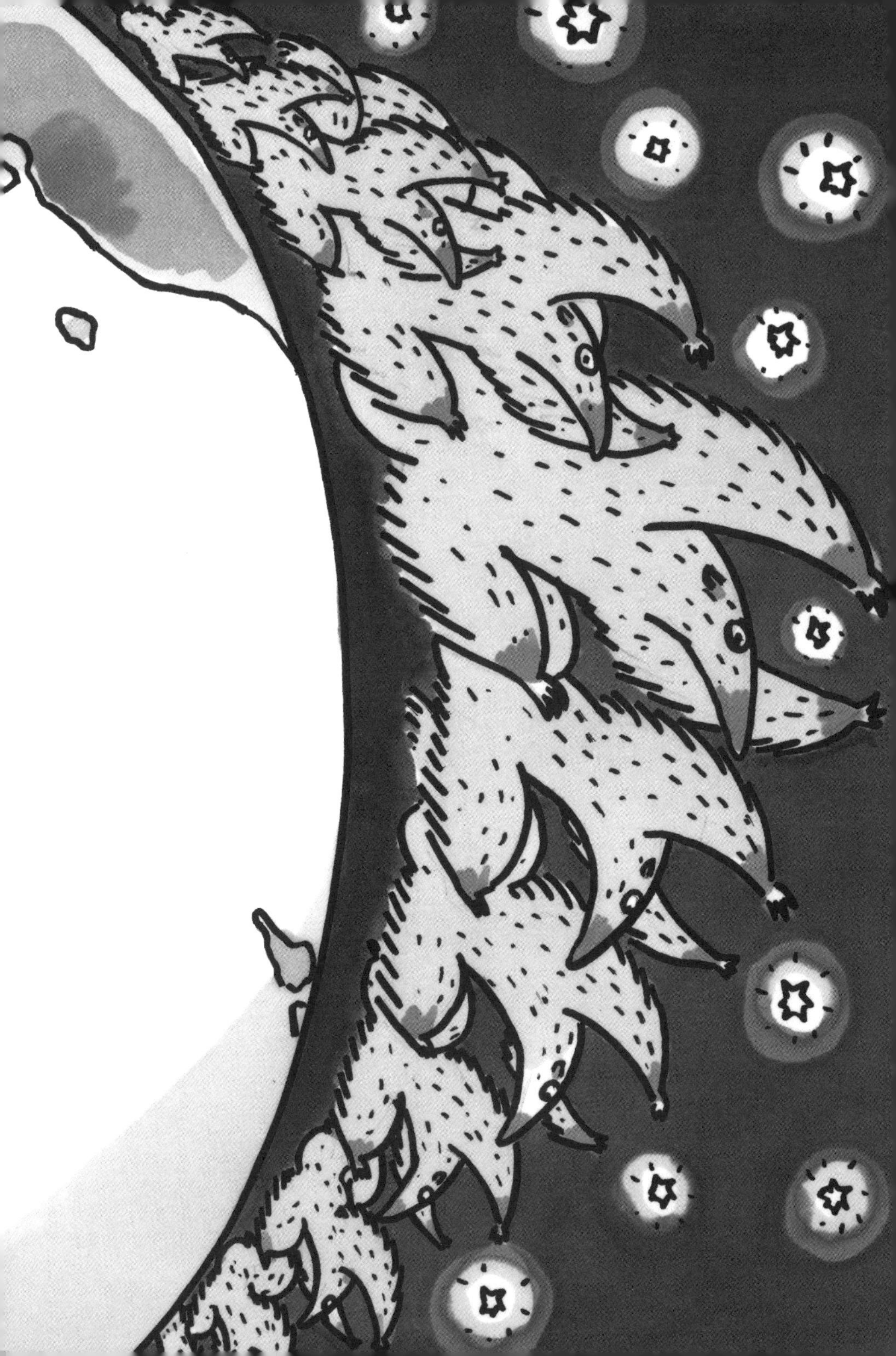

夏やすみさいごの日曜日の夜あけ

ぼくのへやには、てんじょうに、つかまりぼうがある。それは、ナマケモノのオクパードさんが、つかまったり、ぶらさがったりするためのものだ。もちろん、オクパードさんがじぶんでつくったものだ。

かあさんは、べんりがって、せんたくものをほすのにつかったりしている。

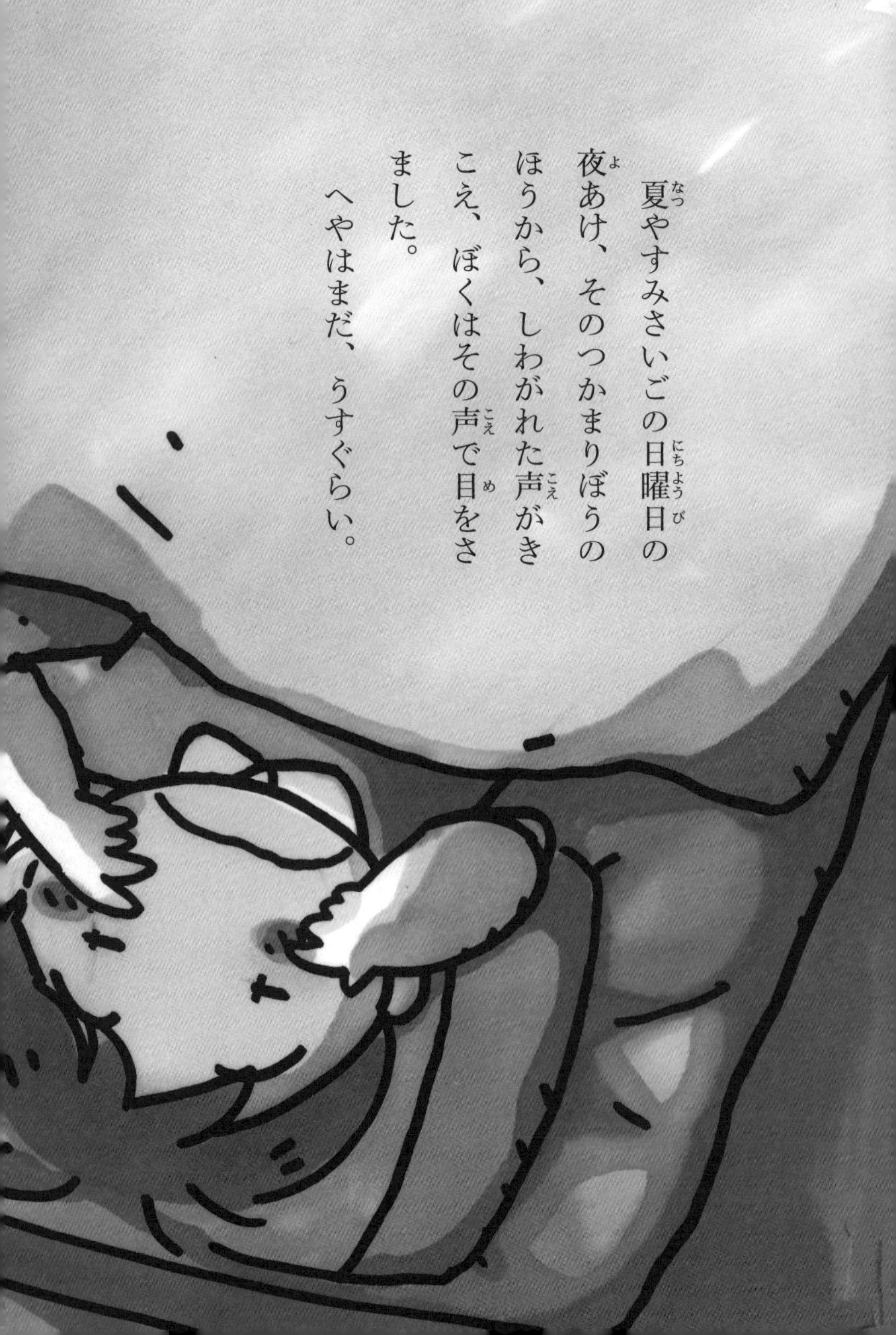

夏やすみさいごの日曜日の夜あけ、そのつかまりぼうのほうから、しわがれた声がきこえ、ぼくはその声で目をさました。

へやはまだ、うすぐらい。

オラ、ブエノス・ディアス!!

ぼくはベッドのうえで、からだをおこした。

つかまりぼうのほうを見あげると、なんだか、みょうにはでな色の、大きな、見しらぬ鳥がとまっていた。

ぼくと目があうと、その鳥がいった。

ぼくは目がさめたばかりで、まだ頭がはっきりしなかった。でも、そのぼんやりする頭で、〈ああ、この鳥はいなかのほうからきたんだな……。〉と思った。なぜなら、〈おれ〉というところを〈おら〉といったからだ。

ぼくは、鳥の顔をじっと見つめて、きいてみた。

「ああ、あなたはブエノス・ディアスさんというのですね？」

ぼくはそういいながらも、この鳥はきっと、オクパードさんやドミンゴさんのともだちなのだろうと思った。さもなければ、ぼくのへやにとつぜんあらわれたりはしないだろう。

「ブエノス・ディアスさんだって……？」

とつぶやいて、鳥は首をかしげた。それから、

「『ブエノス・ディアス』は『おはよう』という意味だ。わたしは、『やあ、おはよう！』といったのだ。〈おら〉というのは日本語の方言ではない。スペイン語で、〈やあ〉という意味だ。」

「あ、そうだったんですか。おはようございます。」

ぼくはそういいながら、足をベッドからおろした。すると、鳥は、

「わたしの名まえなら、シエンプレだ！」

といって、ぴょんとつくえのうえにおりてきた。

ぼくはねんのため、きいてみた。

「シエンプレさんは、オクパードさんやドミンゴさんのおともだちですか。」

鳥（とり）は、あたりまえのようにこたえた。

「むろん、そうとも！」

みょうにはでな鳥のシエンプレさんは、そういうと、へやのなかをぐるりと見まわした。そして、

「きょうはオクパードやドミンゴはこないのか?」

ときいてきた。

「くるとしても、もうちょっとあとですよ。」

ぼくがそういうと、シエ

ンプレさんは、
「そうか。じゃあ、またあとでくるか。」
といって、あいていたまどから、とびたっていってしまった。
　ぼくはまどから空を見たけれど、もう鳥は見えなかった。

夏やすみさいごの日曜日のおひるすぎ

その日、オクパードさんも、うちにこなかった。

オクパードさんは、ベネズエラで少年野球のチームにはいっていて、試合や練習でいそがしいと、こないことがある。ドミンゴさんもおなじチームにはいっているけれど、ドミンゴさんのばあい、試合だけじゃなくて、デートでいそがしいのかもしれない。

ひるすぎになって、ぼくはとしょかんにいき、鳥の図鑑で、しらべてみた。それで、夜あけにきた鳥がコンゴウインコ、そのなかでも、ルリコンゴウインコという鳥だとわかった。

ぼくがとしょかんから、うちにかえってくると、ぼくのへやのまどがあいていて、朝はやくきた鳥が、つかまりぼうにとまっていた。そして、ぼくに声をかけきた。

きっと、それは、〈こんにちは〉という意味だろう。

ぼくがまねをして、

「ブエナス・タルデス！」

というと、シエンプレさんは、まばたきをして、いった。

「すばらしい！　ことばのべんきょうは口まねがだいじだ。きみ、口まねが、オウムやインコみたいにじょうずだね。」

「きょうはオクパードさんもドミンゴさんも、こないみたいなんですけど……。」

ぼくがそういうと、シエンプレさんは、ぜんぜんべつのことをぼくにきいてきた。

「きみのうちのにわに、ふとい木があるだろ。あれ、あきやか？」

「あきやかって？」

「だれかすんでるのかって、きいたんだよ。」

「木にですか？」

「木に、というよりは、木のなかにだ。」

「べつに、だれもすんでいないみたいですけど……。」

「あ、そう……。」

と小さくうなずいてから、シエンプレさんはいった。

「じゃあ、きょうは、これでおいとましようかな。」

「かえるんですか？」

ぼくがたずねると、シエンプレさんは、またうなずいた。

「ああ。」

「でも、せっかくだから、なにか、はなしをしましょうよ。シエンプレさんはどうやって、ベネズエラから日本にくるんですか？　やっぱり、とんでくるんですか、鳥だし。」

「もちろんだ！」

鳥だから、とんでくるにちがいないだろうけれど、ベネズエラは地球のうらがわだ。日本からはずいぶんとおい。どうやってとんでくるんだろうと思ったぼくは、

「やっぱり、しゅぎょうしたんですか。」

ときいてみた。

「そうだよ。」

シエンプレさんがうなずいた。

ぼくはつづけて、きいた。

「どんな？」

「どんなって、おもにふたつのしゅぎょうだな。」

「ふたつのしゅぎょうっていうと？」

ぼくがさらにたずねると、シエンプレさんはこういった。

「いちどにとぶきょりをばいにして、かかる時間を半分にするしゅぎょうだ。たとえば、さいしょ、いちどにとべるきょりが四十キロメートルで、それに一時間かかったとしよう。そこで、まず、とべるきょりをばいにすると、何キロとぶことになるかな？」

「四十キロのばいだから、八十キロです。」

ぼくがこたえると、シエンプレさんはつかまりぼうのうえで、つばさをバタバタはばたかせ、大声をあげた。

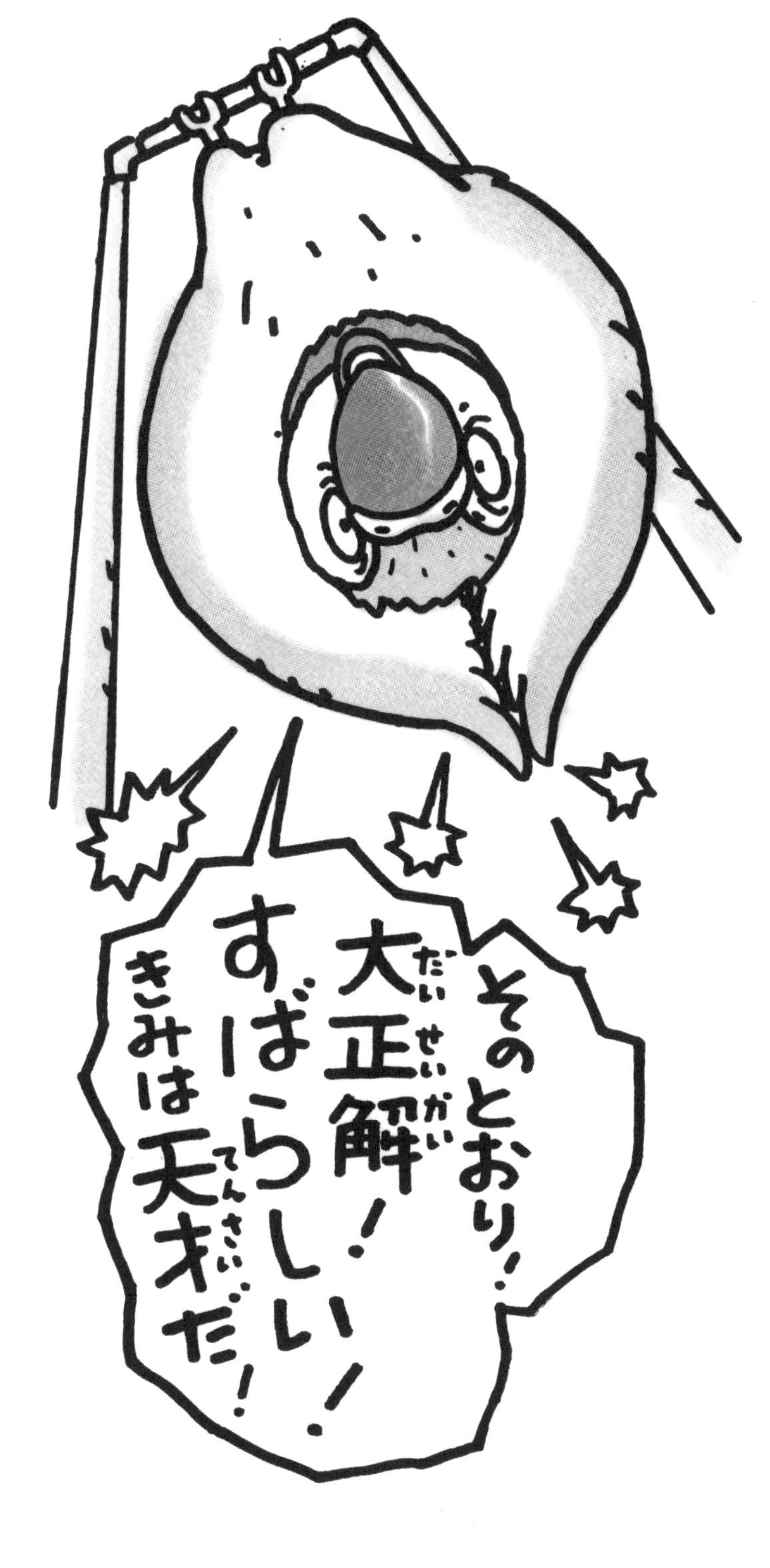

それくらいの計算ができても、天才というほどじゃないんじゃあ……。

ぼくがそう思っていると、シエンプレさんはつぎのしつもんをした。

「では、そのとき、どうじに、かかる時間を半分にすると、何分かね？」

「一時間の半分ですから、三十分です。」

ぼくのこたえに、シエンプレさんは大まんぞくのようで、

「よく、こんなにむずかしいもんだいがとけたな。す

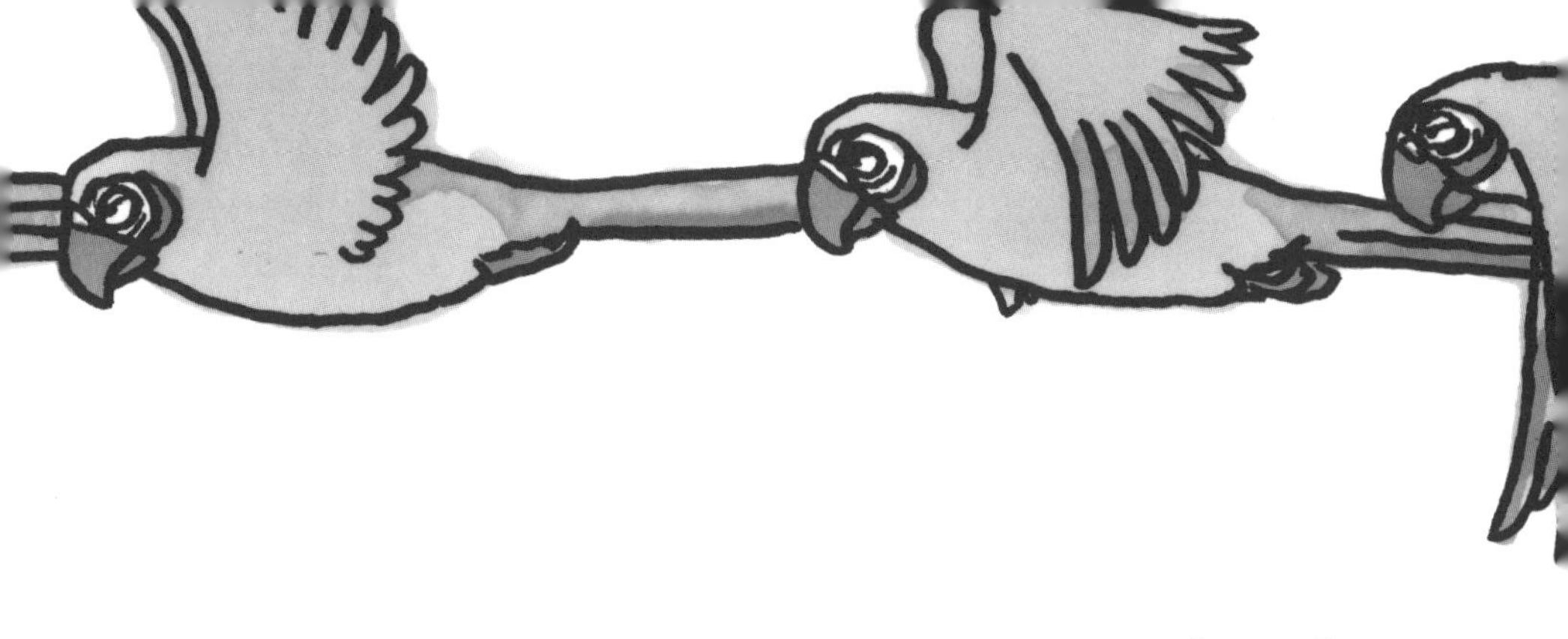

ごい！」
といって、また、つばさをバタバタはばたかせた。

シエンプレさんはつばさをとじると、

「だが、こんどのもんだいは、そんなにかんたんではない。よくかんがえてから、こたえるのだぞ。」

といってから、三つめのしつもんをした。

「では、れんぞく一時間、四十キロとべる鳥が、時間を半分にして、同時に、とべるきょりをばいにしたら、その鳥は何分で、どれだけとべるのだろう？」

「三十分で、八十キロです！」

ぼくがこたえると、シエンプレさんはのけぞって、あやうくつかまりぼうからおちそうになった。

シエンプレさんは、
「よくできた！」
と、なんどもうなずいてから、ゆっくりといった。
「八十キロを三十分でとべるようになったら、さらにしゅぎょうをつづけ、ばいの百六十キロを半分の十五分でとべるようにする。そして、それができたら、こんどはそのばいの三百二十キロを半分の七分半でとべ

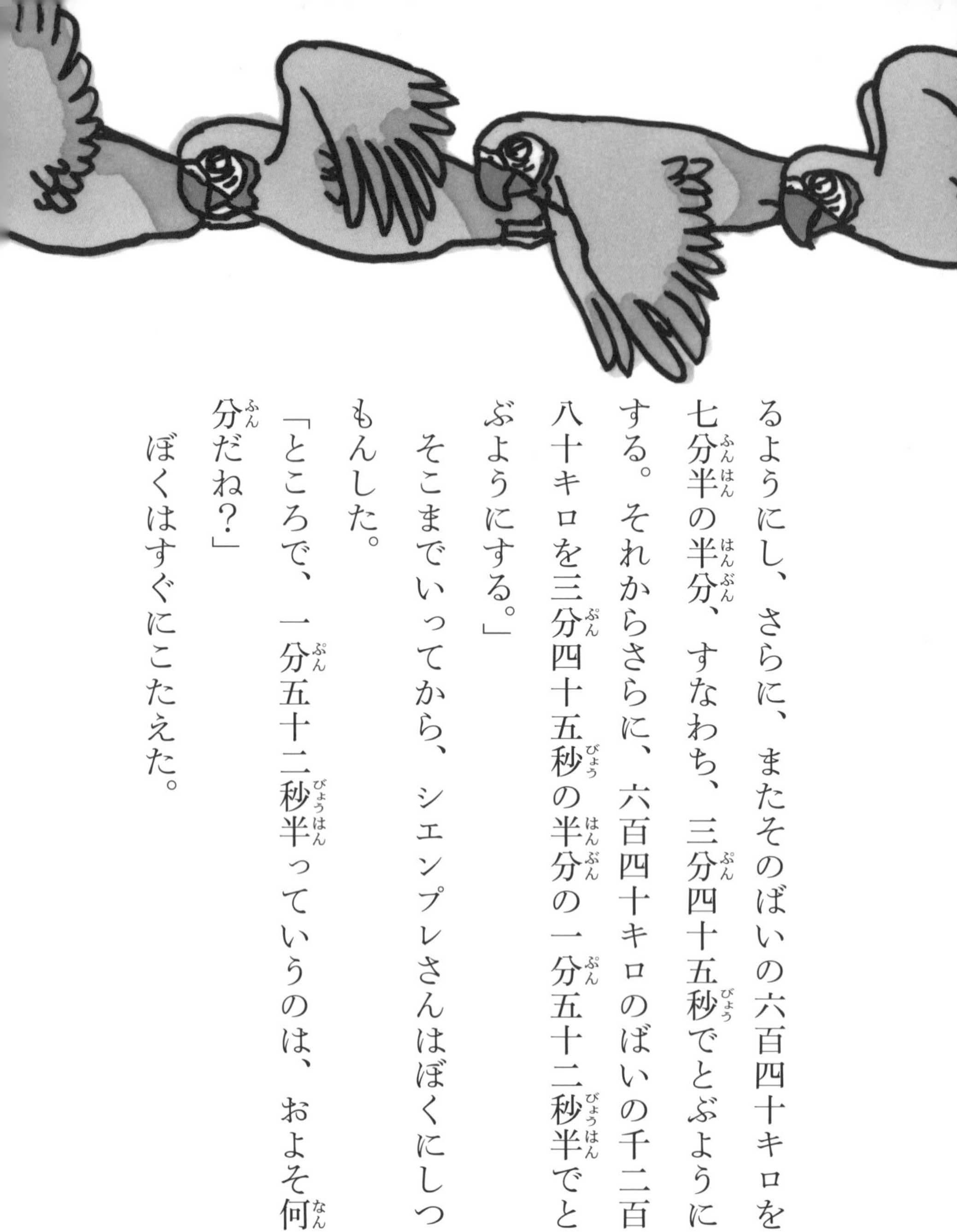

るようにし、さらに、またそのばいの六百四十キロを七分半の半分、すなわち、三分四十五秒でとぶようにする。それからさらに、六百四十キロのばいの千二百八十キロを三分四十五秒の半分の一分五十二秒半でとぶようにする。」

　そこまでいってから、シエンプレさんはぼくにしつもんした。

「ところで、一分五十二秒半っていうのは、およそ何分だね？」

　ぼくはすぐにこたえた。

「二分ですっ！」

シエンプレさんはぼくの顔をじっと見て、

「どうしてこの子は、こんなに算数ができるんだろう……。」

とつぶやいてから、大きくうなずいた。そして、いった。

「正解だ！　では、せつめいをつづけよう。千二百八十キロを三分四十五秒の半分の一分五十二秒半、つまりおよそ二分でとべるようになったら、つぎは半分の一分で、どれだけとべるようになるかな？」

「およそ二千五百六十キロです。」
ぼくはそうこたえたあと、つづけていった。
「そのつぎには、三十秒で五千百二十キロ。それからそのつぎは十五秒で一万二百四十キロ。それから、そのつぎは七秒半で二万四百八十キロです。そして、そのつぎは三、七五秒、つまり、およそ四秒で四万九百六十キロ。そして、そのまたつぎには、二秒で八万千九百二十キロ。そして、ついには、一秒で十六万三千八百四十キロです！」

じつをいうと、ぼくは計算がとくいなのだ。

シエンプレさんは、もともとまるい目をもっとまるくして、おじぎをするくらいに大きくうなずいた。

「そのとおり！　だが、そこまでやらなくてもいい。」

それからシエンプレさんはこういいたした。

「地球を一しゅうすると、およそ四万キロだからな。四秒までタイムをちぢめると、せっかくとんでも、もとのばしょちかくに、もどってきてしまう。だから、七秒ちょっとで、およそ二万キロとぶようにすれば、ベネズエラから

地球を半しゅうし、日本にくることができるのだ。」

「そうだったんですか……。」

ぼくがすっかりなっとくすると、シエンプレさんは、

「じゃあ、またな！」

といって、とびたち、まどから出ていってしまった。

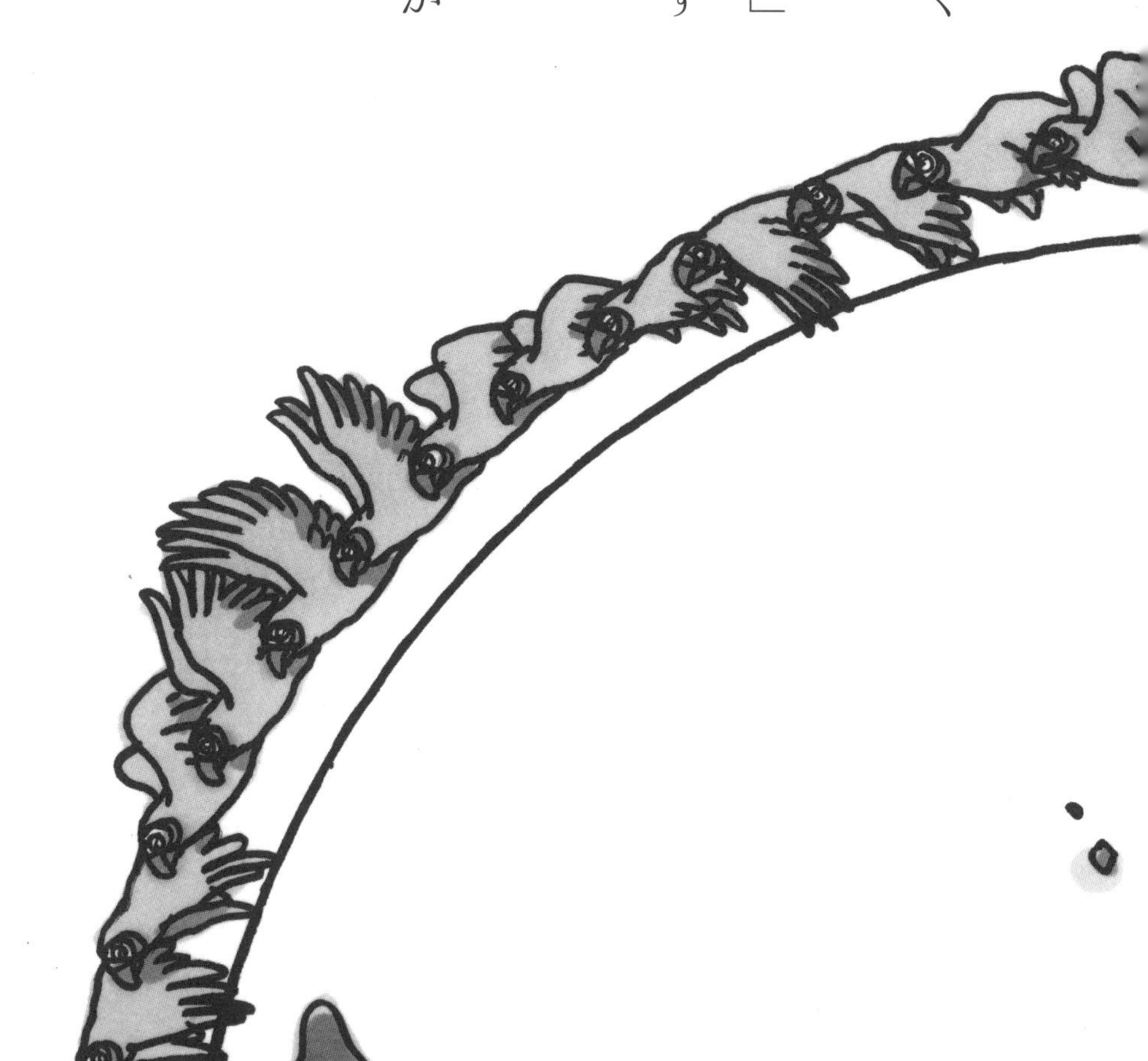

夏やすみのあとのさいしょの日曜日

つぎの日曜日、ナマケモノのオクパードさんがきて、

「ここのところ、ちょっといそがしくてな。」

というと、あっというまに、うちじゅうのそうじをし、

「じゃあな。」

といって、かえってしまった。

午前十時をすこしすぎたところで、だれかがまどからぼくのへやをのぞいた。

「よう！　ひさしぶり。」

見れば、オオアリクイのドミンゴさんがまどのさんにりょうほうの前足をかけて、こちらをのぞいている。

ぼくが、

「ブエナス・タルデス！」

とあいさつをすると、ドミンゴさんは、

「おっ！　スペイン語をおぼえたんだな。オクパードにならったの？」

といいながら、へやにはいってきた。

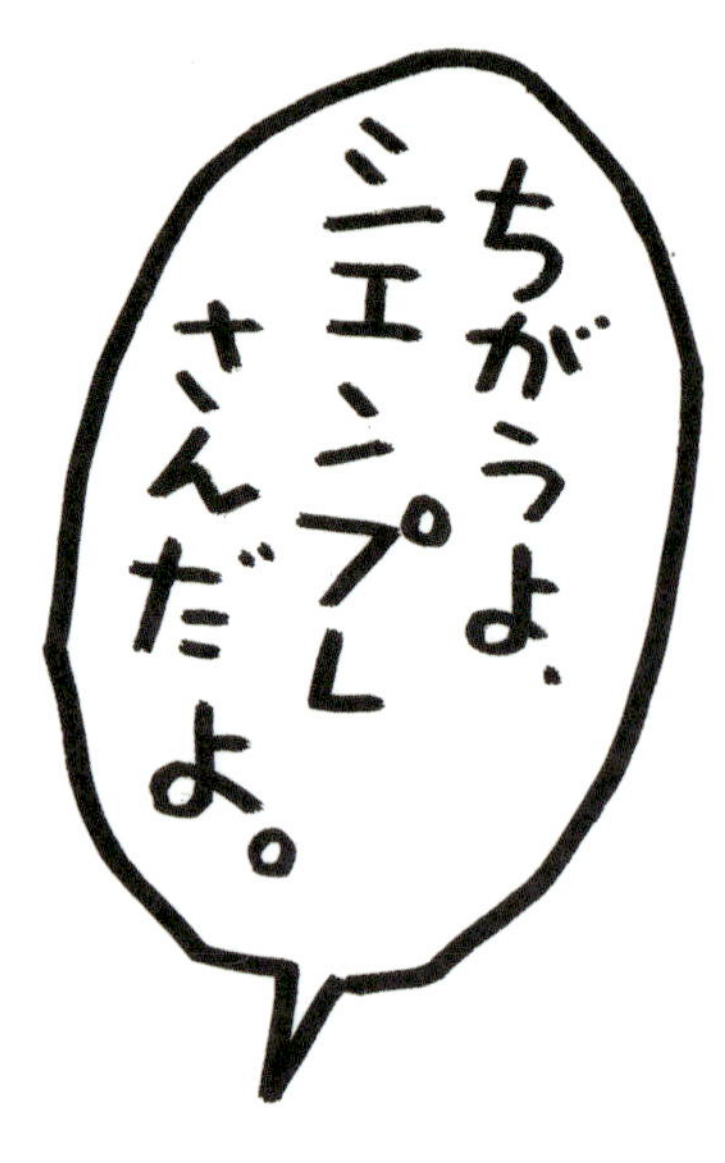

ぼくがそういうと、ちょうどぼくのベッドにあがりかけていたドミンゴさんは、左の前足をベッドにかけたまま、ぼくのほうにふりむいた。

シエンプレだって？

「うん。このあいだの日曜日の朝に、はじめてうちにきて、それから、その日のひるすぎにもきたよ。」

ぼくはあたりまえのようにそういったが、かんがえてみれば、ルリコンゴウインコが二どもたずねてくることは、あんまりあたりまえじゃないかもしれない。

シエンプレさんがうちにきたことは、ドミンゴさんにとっては、びっくりするようなことだったらしい。

ドミンゴさんはあがりかけたベッドから左の前足をおろした。そして、いすにすわっていたぼくのそばにきた。それから、ぼくの顔にじぶんの顔をちかづけ、だいじなことをたしかめるようにいった。

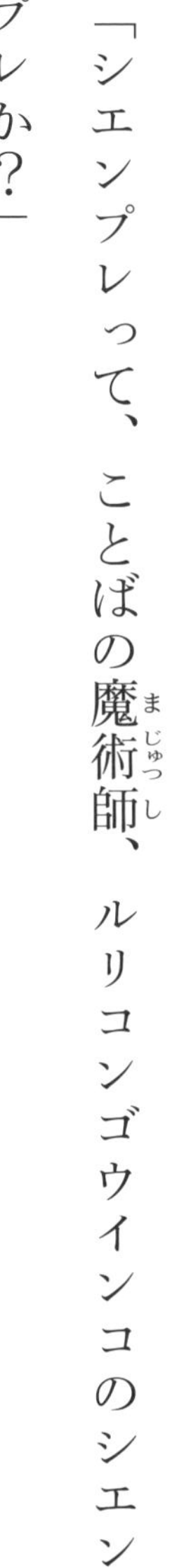

「シエンプレって、ことばの魔術師、ルリコンゴウインコのシエンプレか？」

ドミンゴさんはよく、長いしたで耳のなかなんかをなめてくるので、ぼくはいすのせなかをうしろにかたむけて、のけぞりながらこたえた。

「ことばの魔術師かどうかしらないけれど、ルリコンゴウインコだってことはたしかだよ。ちゃんと、図鑑でしらべたし。」

ぼくがそういうと、ドミンゴさんは、ふうっと大きくいきをすいこみ、それをはきだしながら、いった。

「ああ、よかったあ……。あいつ。このあいだの日曜日、きゅうにベネズエラからすがたをけしちゃったんだよ。おれもオクパードもしんぱいして、ずっとさがしてたんだ。それで、このあいだはふたりとも、ここにこられなかったんだ。なあんだ。シエンプレ、ここにきてたのかあ……。」

ドミンゴさんはすっかりあんしんしたようで、ゆっくりぼくのベッドにあがると、こういった。

「ところで、おまえの耳のなかだけど、シロアリとかすんでないか？　ちょっと、しらべてやろうか？」

ドミンゴさんはオオアリクイだから、アリがこうぶつなのだ。

「い、いいです。シロアリもクロアリも、どんなアリもすんでいません。」

ぼくはそういってから、きいてみた。

「シエンプレさんがことばの魔術師って、それ、どういうことですか？」

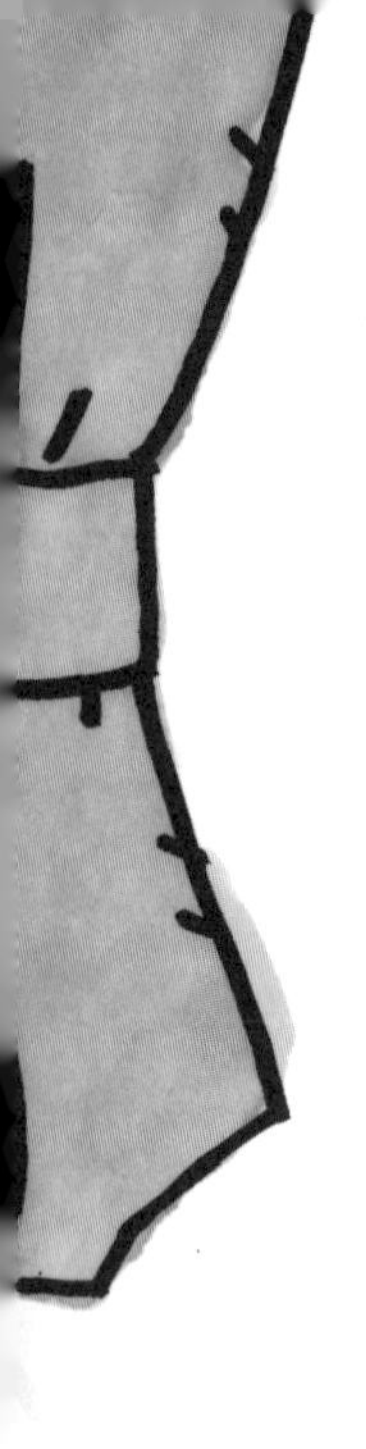

ドミンゴさんは大きくうなずいてから、こたえた。

「それにはふたつ理由がある。そのうちのひとつは、シエンプレがスペイン語や日本語など、三十六か国語をしゃべれることだ。」

三十六か国語なんて、すごい！　ぼくなんて、外国語のしゅるいを三十六もいえない。

「へえ……。」

ぼくがすっかりかんしんしていると、ドミンゴさんは、

「あっ、こうしちゃいられない。シエンプレのこと、オクパードにしらせなきゃ！　じゃあ、きょうは、これで！」

といって、ベッドからおり、まどから出ていってしまった。

その日、ドミンゴさんがかえってすぐ、こんどはオクパードさんがきた。

「さっきまで、ドミンゴさんがここにいたんだよ。そのへんであわなかった？」

ぼくがそういうと、オクパードさんは、

「あわなかったなあ。」

といいながら、ジャンプして、つかまりぼうにつかまった。そして、おどろいたような声をあげた。

「あっ！　このぼう、シエンプレのにおいがする。」

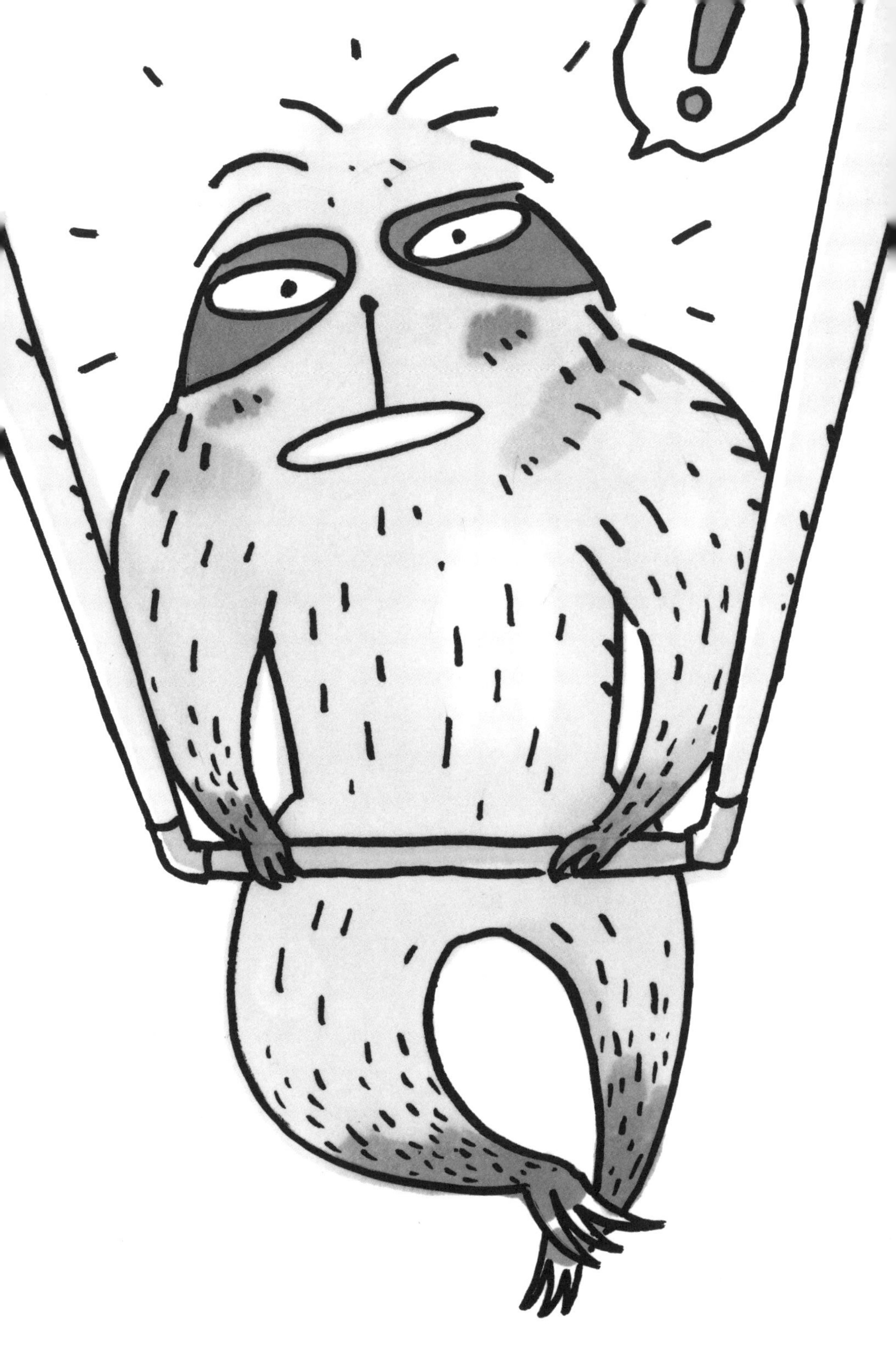

「うん。このあいだの日曜日に、ここにきたんだ。」

ぼくがそういうと、オクパードさんは、

「なんだ、そうだったのか。ずいぶんさがしたよ。それで、シエンプレがここにきたこと、ドミンゴにもおしえてやったか？」

「うん。」

とぼくがうなずいたとき、どこかで、とうさんの声がきこえた。

「ブエノス・ディアス！」

つづいて、かあさんの声。

「ブエノス・ディアス！」

スペイン語のおはようだ。

ブエノス・ディアス!
ブエノス・ディアス!

それにつづいて、ききおぼえのある声が……。

たいへん、けっこう！
あなたがたは天才ですな！
このぶんでは、十日もあればかんたんな
スペイン語会話を
マスターできるでしょう！

シエンプレさんの声だ！
ぼくはへやからろうかにとびだし、リビングからにわを見た。
すると、木のえだにシエンプレさんがとまり、そのまえに、とうさんとかあさんが、こちらにせなかをむけて、立っているではないか。
シエンプレさんがふたりにいった。

つぎは「こんにちは」です。
「こんにちは」は「ブエナス・タルデス」です。
さあ、ふたりごいっしょに!
ブエナス・タルデス-!

「す、すばらしい、すばらしすぎるはつおんです。もしかすると、あなたがたのせんぞはスペイン人ですか？　でなければ、はじめてなのに、こんなにうまく、『ブエナス・タルデス』といえるわけがない！」

そういって、シエンプレさんはつばさをバタバタさせた。

「いや、わたしたちのせんぞは日本人だと、思いますけど。」

とうさんがそういうと、かあさんはとうさんのそでをひっぱり、

「あら、あなた。そんなのわからないわよ。もしかしたら、ひいおじいさんのひいおばあさんくらいに、スペインの人がいたかもしれないじゃない。」

と、おおまじめな顔でいった。

いつのまにか、オクパードさんがぼくのうしろにきていて、ぼくにささやいた。

「シエンプレは三十六か国語しゃべれるし、三十六か国語の字がよめるんだ。わしもドミンゴもあいつに日本語をならったんだ。あいつはことばの魔術師っていわれているのだが、それは、あいつがたくさんのことばをしゃべれたり、よめたりするだけじゃない。あいつにおだてられると、どんどんやる気がでて、ついその気になって、いっしょうけんめいべんきょうしちゃうのさ。ほめことばがうまいから、ことばの魔術師っていわれているんだ。うまいのは、ほめることだけじゃない。まあ、見ていろよ……。」

いわれたとおり、見ていると、シエンプレさんはとうさんとかあさんにいった。
「では、きょうはこのへんでおわりにしましょう。」

「いや。まだ、はじめたばかりではないですか。もうちょっとどうですか？　もし、お時間があるのでしたら……。」

とうさんがそういうと、シエンプレさんはいかにもざんねんそうに首をかしげた。

「もうしわけありません。これから、ちょっといかねばならないところがあるのです。」

それから、シエンプレさんは、こういった。

「きょうはこれでおしまいですが、これからも、おふたりに時間があるとき、ここで、スペイン語をおしえてさしあげてもいいですよ。それから、ごぞんじかもしれませんが、いまわたしがとまっているこの木のうえのほうに、まるいあながあります。あれ、ほうっておくと、いたずらもののカラスがすみついてしまいますよ。ときどき、見まわってさしあげましょうか。なんなら、しばらく、わたしがすみこんで、カラスがこないようにしてさしあげることもできます。そうすれば、カラスはこないし、わたしがここにいるときは、いつでも、おふたりはスペイン語のべんきょうができるというものです。」

とうさんとかあさんは声をそろえて、シエンプレさんにいった。
「ぜひ、おねがいします！　そうしてください！」

ぼくのうしろで、オクパードさんがいった。

「ほらな。これで、にわの木のあなはあいつのものだ。ほんとうに、口がうまいんだから、シエンプレは……。」

このごろ、うちでは……

どうしてうちが気にいったのかは、わからないけれど、それからというもの、シエンプレさんはにわの木のあなにすみついて、ときどき、とうさんとかあさんにスペイン語をおしえている。

そのおれいに、ふたりはリンゴとかブドウとかのくだものをシエンプレさんにあげている。

そういうとき、シエンプレさんは、こんなふうにいう。

「グラシアス！　ムチシマス・グラシアス！」

それを日本語になおすと、こうなる。

「ありがとう！　ありがとうございます！」

それだけではない。シエンプレさんは、くだものをたべたあと、

「こんなおいしいもの、よそでは、なかなかたべられません。さぞ、お高かったでしょうね！　パリの超高級デパートから、航空便で、おくらせたのですか？」

なんていう。

それは、かあさんがちかくのスーパーでかってきたものだけれど。

あいかわらず、ほとんど毎週、日曜日の朝に、オクパードさんがうちにきて、そうじをしたりしていく。このごろでは、シエンプレさんがすんでいる木のあなまでそうじをしていくみたいだ。けれども、あまりにスピードがはやいから、とうさんもかあさんもオクパードさんには気づかない。

ドミンゴさんも、ときどきやってくる。動物園（どうぶつえん）にいるガールフレンドとも、うまくいっているみたいだ。

うちにきても、ドミンゴさんはぼくのへやにしかいないから、ドミンゴさんのことは、とうさんもかあさんもしらない。

とうさんもかあさんも、毎日、じょうきげんだ。

いえはどんどんピカピカになっていくし、どういうわけか、とうさんも、かいしゃにいくとき、いつでもげんきいっぱいだ。まえは、

「きょう、やすんじゃおうかな。」

なんていう日もあったのに。

かあさんも、さっき、

「わたし、スーパーのてんいんさんに、『二十四、五さいですか?』なんてきかれちゃった。とっくに三十すぎてるのに!」

なんていっていた。

たったひとつ、こまることがあるとすれば、ときどき、とうさんとかあさんがスペイン語(ご)ではなしをして、ぼくにはわからないことくらいだ。

このさい、ぼくもスペイン語(ご)をシエンプレさんにならおうかと思(おも)っている。

シエンプレさんはいつでもにわにいるから、ならいやすい。

いつでもいるから、いつでもインコ！　これは、しゃれだ。

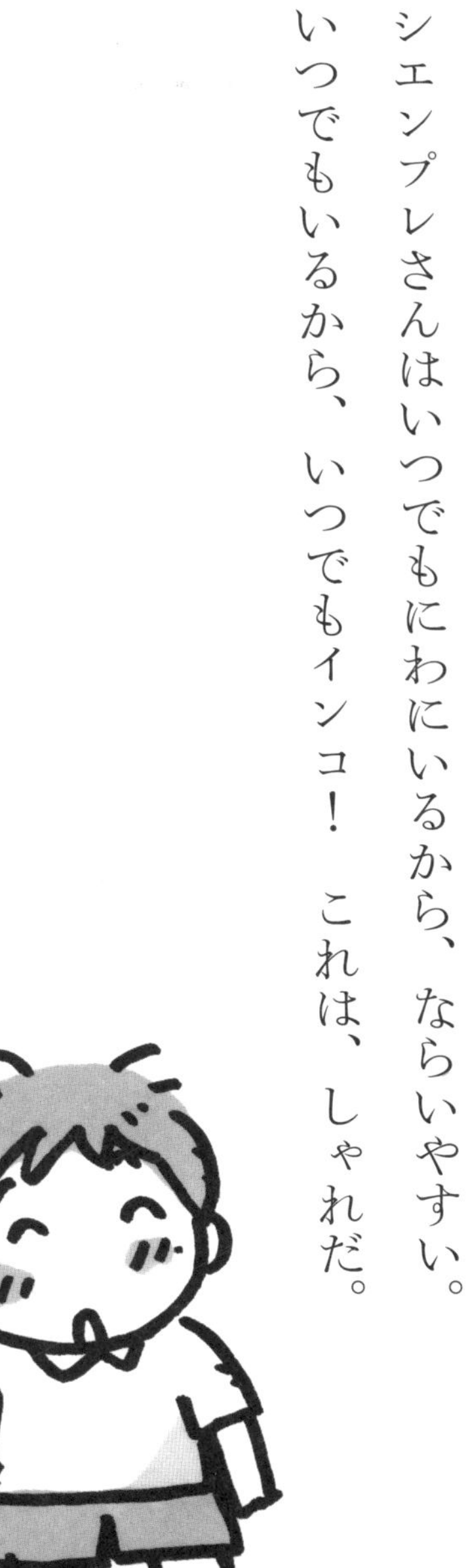

それじゃあ、アディオス！　これ、さようならっていう意味だ。
アディオス！　また、おかしな動物がきたら、そのときはおしらせします！

8

作　斉藤洋（さいとう・ひろし）
1952年東京に生まれる。1986年『ルドルフとイッパイアッテナ』で講談社児童文学新人賞を受賞。1988年『ルドルフともだちひとりだち』で野間児童文芸新人賞を受賞。1991年「路傍の石」幼少年文学賞を受賞。2013年『ルドルフとスノーホワイト』で野間児童文芸賞を受賞。主な作品に、『ルーディーボール』（以上はすべて講談社）、「なん者ひなた丸」シリーズ（あかね書房）、「白狐魔記」シリーズ（偕成社）、「西遊記」シリーズ（理論社）、「シェイクスピア名作劇場」シリーズ（あすなろ書房）などがある。

絵　武田美穂（たけだ・みほ）
1959年東京都に生まれる。『となりのせきのますだくん』で絵本にっぽん賞、講談社出版文化賞絵本賞を受賞。この「ますだくん」シリーズのほか、絵本に『ふしぎのおうちはドキドキなのだ』（絵本にっぽん賞）、『すみっこのおばけ』（日本絵本賞・読者賞／けんぶち絵本の里大賞・グランプリ）、『おかあさん、げんきですか。』（日本絵本賞・大賞／読者賞）、『ありんこぐんだん わはははははは』（以上はすべてポプラ社）、「カボちゃん」シリーズ　（理論社）、『なぞなぞフッフッフー』（ほるぷ出版）、『わすれもの大王』（WAVE出版）などがある。

いつでもインコ

2016年２月　初版
2022年８月　第３刷発行

作　者　斉藤洋
画　家　武田美穂
発行者　内田克幸
発行所　株式会社理論社
〒101-0062　東京都千代田区神田駿河台２-５
電話　営業03-6264-8890　編集03-6264-8891
URL　https://www.rironsha.com

本文組　アジュール
印刷・製本　中央精版印刷
編　集　小宮山民人

ISBN978-4-652-20141-1　NDC913　A5判　21cm　92P

はたらきもののナマケモノ

斉藤洋・作　武田美穂・絵

日曜日の朝、ぼくの部屋に
ナマケモノが、やってきて
あっというまに、部屋中を
きれいにしてくれたんだ…。

アリクイありえない

斉藤洋・作　武田美穂・絵

日曜日の朝、ぼくの部屋にやってきたアリクイは、あっというまに移動できる、ひみつを教えてくれたんだ…。

いつでもインコ

斉藤洋・作　武田美穂・絵

日曜日の朝、ぼくの部屋に
やってきたのは、ことばの
魔術師とよばれる、不思議
なコンゴウインコだった…。